Ton livre brille dans le noir !

Lis attentivement l'histoire puis éteins la lumière pour que la magie opère...

LE PETIT GARDIEN

des étoiles

Nancy Guilbert
Élodie Fraysse

Cyrus, le petit gardien du ciel,
veille sur ses Étoiles avec amour.
Il les connaît toutes,
et sait ce qui leur fait plaisir.

Un matin, lorsqu'il se lève,
il remarque tout de suite que
l'une d'entre elles n'est plus là !

Le petit gardien ne peut pas
laisser son Étoile toute seule,
perdue au fond de l'univers :

alors, il part à sa recherche.

Il fait le tour de chaque rocher,

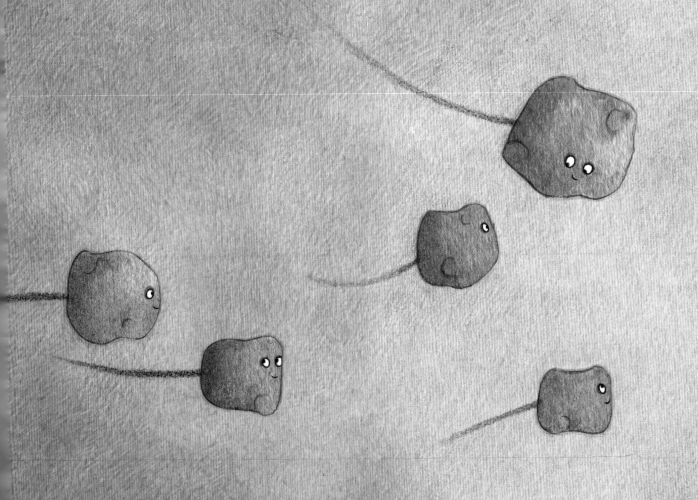

se perd un peu dans l'immense ciel...

Il emporte même
un petit bout de nuage tout doux.

Il s'en va loin, très loin,
jusqu'à la Voie Lactée
et sa cascade si jolie
qui se reflète dans la nuit.

Mais son Étoile n'est pas là non plus.
Cyrus est fatigué,
alors il boit un peu de lait,
et remplit sa petite bouteille.

Le petit gardien continue sa route,
dans l'univers de plus
en plus sombre.

Soudain, il aperçoit quelque chose,
tout au fond d'un trou.
C'est son Étoile !

Vite, vite, il lance sa corde,
et descend dans le puits si noir.

Tout heureux, il serre sa petite Étoile
perdue tout contre lui.

Mais devant lui, se dresse
une Ombre de Nuit.
– Rends-moi mon Étoile !
dit-elle. Sans elle,
j'ai trop peur et je fais
des cauchemars !

– Non, dit le petit gardien,
je dois la ramener à sa place :
mais je te laisse ce rayon de Lune
pour t'éclairer,
ce mouchoir de nuages
comme oreiller,
et cette bouteille de lait
pour t'aider à t'endormir.
Et si tu veux,
je te raconterai
même une histoire.

L'Ombre de Nuit est d'accord :
elle se couche,
et ses yeux se ferment doucement.

– Viens, dit Cyrus à son Étoile,
rentrons ensemble dans
notre petit coin de ciel.

© Editions Limonade
www.editions-limonade.com

ISBN 978-2-940456-73-4
Dépôt légal : Novembre 2013
Imprimé en République Tchèque (2ème semestre 2013)
Tous droits réservés pour tous pays.